俺は天才猫

イークンの独り言

武田静瞭

この物語はフィクションです。
登場する人物・団体・名称等は架空であり、実在のものとは関係ありません。

◇目　次◇

一　はじめに

俺は四歳のメインクーン系雑種、名前をイークンという雄猫である。茶トラで毛はフサフサと長いため、太って見える。

同居しているのは八〇歳の武井義昭と七七歳の光江老夫婦で、住んでいる所は鹿児島県の離島・種子島の西之表市である。

この夫婦と一緒に生活を始めたのは俺が産まれてから八カ月のころで、夫婦とも猫大好き人間とあって、俺の好きなようにさせてもらっている。とくに光江の方は親バカならぬ猫バカで、来る人みんなに「イークンは天才」と言いふらしている。

自分で言うのもなんだが、俺としても少しは頭を働かせているつもり。

せっかく光江が天才と思いこんでいるので、光江に俺が天才と思わせた行動を、つぶさに俺の口から述べてやろう。

二　高木から降りた

　これは俺がこの家に来て四～五カ月ほど経ったころのことだから、満一歳を迎えて間もなくのころの話だ。

　猫という生き物は高いところが好きだ。ご多分にもれず、俺もすぐ高いところに登りたくなる。

「どうして猫は高いところが好きなのかしらねえ」

　光江の疑問に答えるべく、義昭はすぐにネットで検索した。

「ヤマネコがまだ家猫になる前のころ、群れの集会で最も高い位置を占めることのできた者が、その群れを支配していたんだそうだ。その名残で、家猫になってからも、高いところに登るのを競うようになった、という説が有力だそうだよ」

　その説は俺にはわからないが、俺がこの家で義昭・光江夫婦と生活を共にするようになって、真っ先に登ったのが、洋服簞笥の上だった。

その洋服箪笥のすぐ横にテレビが置いてある。その上にかろうじて上がったのはいいのだが、なにしろ足場が定まらない。

この代物が、テレビと言うものであることは、その時は知らなかったのだが、狭い足場のために、どうしたものかとモタモタしていたら、声をかけてきた光江が教えてくれたのである。

「あらまあ、イークン、テレビの上になんか乗ってどうしようと言うのよ。まさか洋服箪笥の上に登ろうとしているんじゃあないでしょうね」

テレビの上であろうが何であろうが、洋服箪笥を見上げて首を上げ下げしているのだから、登ろうとしているのは一目見ただけで分かろうものなのに、遠回しのいい方に「そのまさかだよ」を見せつけてやろうと、テレビを思いっきり蹴った。

右の後ろ足がテレビのちょうど斜めになっているところにあったため、ズルッと滑ったが、両前足の爪が器用に箪笥の縁に引っかかり、つかむことができたので、何とか登りきることができた。

洋服箪笥の上には新聞紙が敷いてあったのだが、めったにとり替えなかったとみえ、埃がつもっていた。その上に飛び乗ったのだからたまらない。毛深い俺の体にあおられて、埃がフワッと舞いあがった。そして下から見上げていた光江の方に舞い落ちたのだ。

「あらあら、だから登っちゃだめって言ったでしょう」

「まさか登るんじゃあないでしょうね」なんて言われれば、誰だって登ってみたくなるものだ。ましてや俺は猫なのだ。

光江は身体をのけぞらせて埃を避けた。そして、光江の母親が生前生活していた隣の母屋で、パソコンに向かっている義昭を大急ぎで呼びに行った。

「ヨシアキさん大変、イークンが洋服箪笥に上がって埃を撒き散らかしちゃったのよ、だから梯子に登って、洋服箪笥の上に掃除機をかけてよ」

「ハイハイ、ただいま、ミツエさん」

この夫婦は、お互いに名前で呼び合っている。

夫婦でテレビの前においてあるテーブルの埃を拭きとり、そのテーブルをどかしてから梯子タイプの踏み台を置いた。義昭は俺をすぐに抱きかかえておろしてから、新聞紙をそろりそろりと取り替える。

それが済んでから光江は掃除機をかける。もう大騒ぎである。だが二人ともなぜか俺を責めない。

とくに義昭は俺の行動に対して、文句を言わないばかりか援護射撃だ。

「猫は家猫になる前から、高いところが好きだったんだから、しょうがないよな。それにしてもよく登れたよな」

そこで光江が見ていたことを説明するのだが、それも誉め言葉に代わる。

「あの薄型テレビの上を足場にしたんだから、イークンすごいでしょう」

「へー、太って見えるわりには身軽じゃないか」

光江は、まるで自分が飛び乗ったような顔をしている。

だが、やはり埃攻撃には懲りたとみえ、洋服簞笥の上の手前ギリギリのところに段ボールの箱を置き、俺が登れないようにしたのだった。

それで俺はこのとき、この家で思い通りの行動が許されていることがわかったのだ。

チャーハン（一カ月ほどこの家の夫婦と一緒に生活をしたことがある双子の兄弟で、後ほどその状況を詳しく述べようと思う）と一緒に飛び回っていた時も、そのムードは感じとってはいたのだが、洋服箪笥の上の埃を撒きちらして、大騒動を巻き起こしたというのに、なんのおとがめなしなのだから、言うことなしだ。


俺がその次に登ったのは神棚の上だ。

神棚と言っても、一般の家庭でよく見かける、鴨居に取りつけられた棚ではない。独りで生活していた光江の母が、手軽に手の届く和箪笥の上に据え置けるよう、職人さんに依頼して作った、高さ八十センチくらいの箱の中に納められている。

そして、義昭が定年後、光江の母と一緒に生活することになったときに、隣に家を新築して、その神棚がちょうど収まるように、一メートルほどの高さのところに棚を作り、そこに設置したのだった。

ついでに説明しておくと、光江の母が寝起きしていた母屋の玄関と、新居の玄関の横で、自由に行き来できるように繋いであり、義昭は母家にもパソコンを置いて書斎として利用している。

俺がこの家に来たときは、その母が亡くなって五年のことで、ちょうど五年祭を行った年だったこともあって、その辺の事情を知ったのだった。

ところで、話を元に戻すと、神棚が入る棚の下は両開きの扉をつけた小物入れになっていて、神棚の箱が据えてある上は、天井まで空間になっている。

ちなみに神棚の箱の上部と仕切りの間に、ちょうど下をのぞける程度の隙間があり、俺はそこから顔をのぞかせて、大きく見開いた目で、見下す。そして
『どうだ、すごいだろう』

と、どや顔を光江と義昭にみせつける……というわけ。

とくに光江は、俺が得意気な顔をして見詰めるポーズが気に入っているようだ。

「あら、イークン嬉しいの？　いい顔をしているわね。ヨシアキさんカメラ、カメラ」

ちなみに、俺がカメラというものを覚えたのは、光江が俺の行動を見ては、カメラ、カメラと叫んで義昭を呼びつけていたからだ。


ところで、義昭はブログを開設しており、デジタル一眼レフカメラで撮った写真も載せているのだが、これまでにも何回か俺の写真が掲載されている。

「おお、イークン、いい顔しているジャン、ブログネタになるぜ」

義昭はそう言いながら、俺が正面を向いているところや、横顔、仰向けになって上目遣いでカメラ目線になっているところなどを、パシャパシャ撮った。

「イークンはカメラを向けるとポーズをとるみたいだね。名前を呼ばなくてもカメラ目線にもなってくれるよ」

「前に撮った写真をイークンに見せたことがあるでしょう。だからカメラを向けられると、写真を撮られると言うことが分かっているのよ、きっと」

「まさか。でもそんな感じではあるよなあ」

光江、義昭が感じていた様に、確かに俺はカメラを意識している。よく義昭が光江に自慢しているのだが、ズームレンズつきの一眼レフとか言うカメラで、遠いところのものでも大きく撮ることができるのだそうだ。

義昭が嬉しそうに「これがイークンだよ」と言って、写真を見せられた時、俺がそこにいたので驚いたが、カメラを向けられた時には、写真に撮られているのだと悟ったので、義昭がカメラを向けたら、いい顔をすることにしたのだ。


ところで光江の母が亡くなって、今年で十年目になる。二人はお盆前や年末に神棚を掃除するのだが、その度に義昭は思い出したように語っていた。

「俺がミツエさんのお母さんと養子縁組しなければ、種子島に来てこの神棚の掃除をしていることもなかったろうな」

「そうねえ。アタシの周りに、大学を出た人がヨシアキさんしかいなかったのが、運のつきだったわよね」

二人の間では、事あるごとに、この話が繰り返されているのだ。だから養子縁組は良かったのか悪かったのか……という話までは進まないのだから、不思議な夫婦ではある。

とはいえ、俺だってそうしょっちゅう神棚の上に登るわけではない。トイレで用を足すと、なぜか無性に走り回りたくなるのだが、足の裏についているトイレの紙粒を撒きちらして、その挙句の終着点として、手近な神棚に駆け昇っただけの話なのだから……。

義昭も光江も、いくら猫が高いところに登るのが習性だからと言って、何でトイレから出たら駆けずり回るのか、不思議に思っていたらしい。

光江はこの俺の行動を、寄り集まってきた野良猫を四匹も面倒を見ている従姉妹・素子が立ち寄ったときにしたところ

「あら、ウチにいる猫も、トイレから出るとみんな走り回るわよ。ウチの場合駆

け登るのはキッチンの茶箪笥の上だけどね」

と、あっさり言われた。

「あら、そうなんだ。種子島の猫はみんな同じことをするんだ」

「ミツエさんは種子島生まれなのに、知らなかったの？　もっとも関東での生活が長かったからかもね」

「種子島には小学六年生までしかいなかったのだけど、見たことなかったなあ。でも、種子島弁はちゃんと喋れるわよ」

「それは、三つ子の魂百までって言うヤツでしょう」

話は変な方に飛んだが、二人の間ではそれで納得したようだ。


ちょっと前置きが長くなったが、それではここで、改めて義昭、光江の二人に「イークンは天才」と言わしめた、俺のとっておきの行動を紹介しよう。

例によって、トイレを済ました後、俺はトイレの紙粒を部屋中に蹴散らして走り回っていた。そして、ふと見ると縁側にでるガラス戸をみたら開けっぱなしになっていた。このチャンスを逃す手はない。

俺は一気に外に飛び出した。そしてその勢い乗って、この家で一番高いイチイの木に駆け登ったのだ。高いといっても、てっぺんまで四メートルくらいしかないのだが、登りきったところで振り返ってみて驚いた。これまで登ったことのない高さだったのだ。

『えーっ、これはどうやって降りたらいいのだニャーン』

俺は思わず悲鳴を上げた。そして、しばらく上を向いたままの体勢で、首を回して下を見て、どうしたらいいか分からないまま、オドオドしていた。

俺の鳴き声を聞いて光江が顔を出した。

「あらあら、アタシがガラス戸を閉め忘れたばっかりに、イークンはあんなところまで駆けのぼっちゃって。大丈夫なの？　イークン、降りてこれる？」

心配そうに声をかけてきた。

『大丈夫かと聞かれたって、俺は今困っているんだよ。何とかしてくれよニャーン、ニャーン』

俺は大きな声で鳴き叫ぶしかなかった。

「イークン、何とかしてくれよって叫んだところで、俺やミツエさんしたって、どうしようもできないぜ」

光江の声を聞いて、慌てて顔を出した義昭が口を挟んだ。

そりゃあそうだ。年寄りが相手では、何とかしてくれといったところで、どうにもならない。ここは自分の力で解決しなくては……と、俺は覚悟を決めて、身体を逆さにして、頭を下に向け、降りる態勢に入った。

その途端に四本の足が同時に滑った。

「あっ、アブナイッ」

光江が叫んだ。

俺はズルッと滑り落ちた。だが、その途中で後ろ足の方が前足より先に滑って、体の向きが逆転した。その体勢になったときに、前足の爪が木の肌に食い込んだのだ。それと同時に後ろ足の爪も、木の肌をつかんだ。つまり登った時の状態になったわけだ。

そこで俺は悟った。

そうか、駆け登ったときには爪が立っていたから登れたのだ。ということは降りるときもこの体勢で降りれば、手足の爪が役に立つではないか。

『ようし分かった、もう心配しなくてもいいぞ。大丈夫だよニャーン』

俺はおっかなびっくりではあるが、そろりと体を下にずらした。

そして後ずさりの形で、ゆっくりと降り始めたのだ。

それを見ていた義昭が手を叩いた。

「イークンやるじゃないか、その調子で降りてくれれば大丈夫だ」

俺は途中まで降りてから、この高さなら飛び降りられると判断したところで、前向きに体勢を変えて、飛び降りた。

「イークンすごい、天才、天才ね」

光江はここで「天才」の第一声を発したのだった。

俺は抱きかかえようと、駆け寄ってきた光江の横をすり抜けて、開いていたガラス戸から家の中に飛び込んだ。

二人には俺は余裕で降りてきたように見えたのだろうが、まだ満一歳になったばかりの出来事だ。内心ビクビクだったのだ。

義昭も光江も後を追いかけてきた。

「さすがだねイークン、賢いね。まさか後ろ向きになって降りてくることに気がつくなんて、ちょっと他の猫には思いつかないいんじゃあないかね」

「だからアタシがイークンは天才って言ったでしょう」

光江は自分の言った「天才」を強調する。

「ミツエさんの言うのも一理あるね。最近見たテレビでやっていたけど、細い枝のところまで登って、降りられなくなってさ、梯子車まで出て大騒ぎしていたもんね。それに比べれば大違いだぜ」

「でしょう、イークンは並みの猫とは違うのよね、そうでしょ、イークン」

光江も自分のことのように喜ぶ。

俺としても、天才と言われれば悪い気はしない。だが、たまたま足が滑ったたらあの体勢になったので、意識的にやったわけではないので、ちょっと照れるけどね。

それでも、その、偶然のチャンスを見逃さなかったのだから、光江の言うように、俺には天才の素質があるのかもよ。


ところで、俺は生後八カ月くらいでこの家に来たのだが、それには、ちょっとしたわけがあるのだ。

前にも触れたが、俺は双子の兄弟の片割れで茶トラだが相棒はキジトラ。産まれて間もなく捨てられていたのだが、光江の従兄弟が拾い上げ、奥さんの奈津江さんがミルクを飲ませて育ててくれたのだ。拾い上げた夫はシングルを誇るゴルフマニアで、即俺をイーグルと名付けたそうだ。

義昭夫婦はそれをそのまま頂戴したのだが、呼びやすいし馴染みやすいということで、ふだんはイークンで通している。

キジトラの方は、光江の従兄弟のお孫さんがチャーハンとつけたのだが、そちらもチャークンと呼んでいるそうだ。

俺がなぜこの夫婦に引き取られたかというと、兄弟とも従兄弟の家で飼われるはずだったのだが、鹿児島市に嫁いだ娘さんの子どもが遊びに来て、猫アレルギーであることが分かり、義昭・光江夫婦に兄弟とも引き取ってくれないかと頼みに来た。

その時、義昭が七六歳、光江は七三歳。二人とも飼いたいのは山々だが、猫より先に旅立ってしまうのではないかという心配の方が先にたち、お断りしたのだった。

それでは新しい飼い主が見つかるまでということで、取り敢えず兄弟とも義昭夫婦が預かることになったのだ。

光江はもともと猫大好き人間で、俺たちにつきっきり。遊び盛りの兄弟は、ガラスのはめ込んである障子の上の段の紙を突き破って走り回る。そんな生活が一カ月も続くと、すっかり心を奪われていた光江は、このまま飼ってしまおうかと、心変わりしかかったようだった。

俺たちもこのままこの家で生活できるのだろうと思い込んでいた。

そんなとき、近くの老人介護施設で、野良猫の面倒を見ているので、その仲間に入れたらどうか、という話しになり、俺たちは行くことになった。

光江は俺たちを抱きかかえ、涙、涙のお別れ。嫌がる俺たちが車に乗せられても、立ち去るところはみたくないと、見送りにもでてこなかった。

ところが行った先の施設にいた野良猫は五匹もいて、俺たちを仲間に入れるどころか、邪魔者扱いもいいところだった。食事は奪われ、物置の隅に追い込まれ、引っ掻かれるは噛みつかれるはで、体中傷だらけだった。

施設の人たちは、俺たちがいじめられていることは分かっていても、猫の世界には手も出せずに、食事を持ってきたときに、ただ「仲良く一緒に食べなさいね」と口にするくらいがせいぜいだった。

俺たちは、彼らの僅かな食べ残しを口にするくらいしかなく、何とか命をつないでいるような状態だった。

そんな日が一カ月くらい続いたころ、育ててくれた奈津江さんが様子を見に来た。そして痩せ衰えていた俺たちを見てびっくり。一旦は家に戻り夫と相談して来たらしく、俺たちの名を呼んだ。

チャーハンは奈津江さんによく抱かれていたので、すぐ出ていったのだが、俺はあまのじゃくなところがあって、素直に出ていかず、隅っこでうずくまっていた。

奈津江さんは何度も俺の名を呼び続けていたが、そのうちに諦めて、チャーハンだけ連れて帰ってしまったのだ。

それから一週間ほど経った頃、今度は光江と義昭の声が聞こえた。

「イークン、イークン」

一カ月くらい一緒に生活しただけでも、俺にとって二人の声は、何となく心温まるものがあった。それでも俺はすぐには出ていかなかった。チャーハンが居なくなってからは、もう俺はここで生きていくしかないだろうと諦めていたのだ。

二人は二手に分かれて、施設のまわりを捜し回っていたのだが、その間も俺は物置の隅でじっとしていた。

「やっぱり出てこないわね。一カ月一緒にいたくらいでは、それほどなついてはいないかもね」

「残念だけど、ミルクをのませて育てた奈津江さんが呼んでも出てこなかったのだから、仕方がないよ、諦めようか」

二人は一緒に探してくれた職員に礼を言って帰る態勢になったようだった。

「最後にもう一度だけ呼んでみる」

そう言った光江の声が聞こえた。

「イークン、聞こえたら返事をして、イークン」

それを聞いた俺は思わず
『ここにいるニャーン』

と答えてしまっていた。

光江は
「アラ、イークンなの？」

そういって大急ぎで物置の中に入ってきた。そして隅っこでうずくまっている俺を見つけた。

「そこにいたの？　イークン、さあ、お家に帰ろう」

光江は手を差しのべた。俺はどうしようか迷ったが、やはり逃げることにした。

だが、光江の手が一瞬早く俺の後ろ足をつかんでいた。

『放っといてくれニャーン』

俺はもがいたが、光江はつかんだ手を放さず、さらに体を抱きかかえてきた。

俺は光江の腕に嚙みつき、爪で引っ掻いた。それでも光江はしっかりと俺を抱きかかえ、車に走った。

義昭と光江は職員への挨拶もそこそこに、大急ぎで車を出した。

車の中でも俺はしばらく暴れていたが、光江の腕から流れ出ている血が痛々しかったので、舐めとった。

「イークンはアタシを思い出してくれたのね、ありがとうね、もうすぐお家につくからね」

光江は涙声になって喜んでくれた。俺も一緒に生活したころを思い出して、ほっとした気分になった。

「さあ、ここがイークンの家ですよ」

光江は静かに玄関で俺を手放した。

俺は覚えていた。勝手知ったる我が家、といった感じがした。チャーハンと一緒に破った障子の穴を飛び越え、さっさと部屋に入った。

それを見た光江はまたまた感激。

「イークンすごいね、お利口さんだね。一カ月しかいなかったのに、家を覚えていたんだものね」

光江は早速ことの成行きを奈津江さんに電話報告した。そして奈津江さんの話を聞いて驚きの声を発した。

「えーっ、そうだったんですか？　チャーハンを連れて帰ってきてから一週間たっていただなんて……」

光江は義昭に奈津江さんの電話の内容を説明した。

「アタシたちに知らせたのは、さんざん悩んだ挙句のことで、チャーハンを連れて帰ってから一週間後だったたんだって」

今度はそれを聴いた義昭もビックリ。

「まるで奇跡ジャン」

そして続けて言った。

「ことによったら、イークンはうちで飼う運命にある猫だったのかもしれないよ」

この話に奈津江さんも同感だった。

「もうこうなったら、俺たちはイークンのためにも長生きしなくっちゃね」

「ホントね。アタシ達が先に死んじゃうなんてことは、許されないものね」

二人の言葉を聞いて、俺もたまらなく嬉しかった。

光江は改まって、

「イークンはね、今日から私達の家族になったのよ。宜しくね」

そう言ってから、流し台の下の棚から、以前食べていたキャットフードの残りを取り出してきた。

それを見て義昭は
「えーっ、ミツエさんはイークンがこういうことになると、一か月目に予知していたのかい？」

「そんなわけないでしょ。でもね、何となく捨てるのがもったいなくて、しまっておいたのよ。やっぱりイークンは我が家に来る運命だったのかもね」

こうして俺は義昭・光江夫婦と一緒に生活することになったのである。

三　ドロ足を防いだ

俺は産まれた時から、家の中でぬくぬくと育てられてきた猫とは違い、捨てられた状況だったのだから、根っからのアウドア派だ。だから、この家に来て二年目に入った頃になっても、トイレの用を足すのは、大も小も外と決めていた。

別に捨てられていたのだからとヒガまなくても、猫の多くは地面を掘って用を足し、排出したものの存在を確認して、前足で泥をかける、というのが一般的ではなかろうか。

家のすぐ裏には、おあつらえ向きに家庭菜園の畑があった。その畑は光江の従姉妹が手掛けている畑である。

ところで光江の従姉妹は、義理の従姉妹も加えれば種子島に四人いる。

先に登場した奈津江さんは、光江の母の兄の長男の嫁で、今回登場したのは、同じく母の兄の娘で、名を登志子さんという。つまり奈津江さんの義理に妹になる。そしてもう一人は、例の野良猫4匹も面倒を見ている素子さんである。そしてもう一人は、奈津江さんの夫の弟の奥さん・美智子さん。彼女も猫好きで、三匹と同居しているそうだ。

話を登志子さんに戻すと、彼女もキョウスケという名の猫を飼っていたのだが、俺がこの家に来る三年ほど前に、一八歳で天寿を全うしたという。

登志子さんは光江より四歳若く、二人はまるで姉妹のように仲良しだ。

「イークンはね、今日もウチの畑で用を足して行ったわよ」

と、光江と顔を合わす度に俺の行動を報告している。

余談だが、俺は男性が怖い。だが、女性には心を許しており、登志子さんも素子さんもきたときは必ず挨拶に出向いている。

とくに素子さんは俺の爪切り役で、光江は苦手とあって、頃合いを見計らって爪切り持参でやってくる。

「さあイークン、今日は爪を切りましょうね。いい子にしてね」

優しく声をかけてはくれるのだが、ちょっと怖い。

素子さんの家の猫は、絶対に外には出さないそうだ。もっともこの家とは違い繁華街近くに住んでいて、車の通りも激しいため、猫たちもそれほど出たいとは騒がないそうだ。

とはいえ、俺からすれば、外の世界の素晴らしさを知らないで終わるということは、可哀そうに思う。

ところで、家猫に納まる前はヤマネコだったのだから、当然その血は、どこの国の猫にも流れているはずだ。

「猫が出てくる旅番組」を見ても、家でじっとしている猫はまずいない。

猫がテレビを見るのかって?

俺だってテレビくらい見るよ。と言っても、あまり威張れた状況ではないけどね。

当然のことながら、光江・義昭夫婦は猫番組と言えば必ずチャンネルを合わしている。そして始まる前に光江は俺をテレビの前に座らせて「さあ、テレビにイークンの仲間が出てくるから見ましょうね」と強要するのだ。

初めて見せられた時には、画面の中に仲間が入っているのかと思い、後ろに回ってみたのだが、そこにはいない。そこで画面に手を出してみたのだが、触ることもできないので、これはカメラで撮った写真と同じような性質のものではないか、と考えたのだ。

というわけで、そのテレビの中の仲間の行動を見たのだが、みんな当然のように外を歩き回っている。

それが猫本来の姿だと俺は思う。


ここで、話をトイレに戻そう。

外で用を足すのはいいが、雨の降る日は最悪だ。体は濡れて気分が悪いし、足は泥だらけで気持ち悪い。その泥だらけの足で家に入ろうものなら、待ち構えていた光江に抑え込まれ、雑巾で足をゴシゴシ拭かれる。

それがまた、指と指の間の泥まで、徹底的に拭われる。爪に雑巾が引っ掛かってもお構いなし、そのまま拭くので痛い。きれいにしてくれるのはいいのだが、有難迷惑もいいところだ。

『もう少し優しく拭いてくれニャーン』

体をよじって、ニャーニャー、ワーワー、わめこうが暴れようが、光江はがっちりと抑え込み、この時ばかりは声を張り上げて叱りつけてくる。

「コラっ、イークン！　じっとしていなさいっ、こんな泥だらけの足で上がってきていいと思っているの？　いくら騒いでもダメですっ」

俺は義昭の顔を見上げ、

『助けてくれニャー』

弱々しい声で訴えるのだが、ただニヤニヤしながら見ているだけ。まるで頼りにならない。

そればかりか、

「トイレは外ばかりだと考えているのがよくないよ。家の中にも洗面所の横にトイレが用意してあるのは知っているだろう。来たばかりのころはよく使っていたじゃあないか。だからそのころ足は汚れなかっただろう」

そう言って俺の顔を見返すのだ。

そんなことくらい知っているよ。夜中にトイレに行きたくて、外にだしてくれと起こしにかかっても、光江も義昭も目覚めない時のための、非常用として置いてあるんだろう。だからどうしても我慢できないときしか使ったことはないよ。

義昭の言ったことに対して、その時にはこんな反抗的な考えしか思い浮かばなかった。とにかく俺としては、雨が降っていようがいまいがお構いなく、これが猫の習性なのだからとばかり、外に出たいと催促し、ガラス戸を開けてもらい、常に外に出てトイレの用を済ましてきていたのだ。

そして帰宅したら濡れ縁に飛び乗り、ガラス戸の前で
『開けてくれニャーン』

大きな声で呼べば、二人のどちらかが気がついて、開けてくれる。

たとえそのあとに待ち構えているのが、俺にとっての試練の場であっても、猫の習性として耐えなくてはならないことだと、覚悟をしていたのだ。

ところだ梅雨時ともなれば連日の雨。世の中には喜んで風呂に入る変わり者もいるようだが、俺はそうはいかない。雨でほんの少し身体が濡れるだけでも嫌なのだ。

トイレのためとはいえ、外に出るのがつらい。用を済ましてから雨宿りをして、体を乾かしてから、体を濡らさないように軒先を選び、足を汚さないようにして帰るのだが、思うようにはいかない。

この家の濡れ縁には庇（ひさし）が出ていて、雨は当たらないようになっているので、体は濡れずに済むのだが……。

『開けてくれニャーン』

俺の帰りを待っていたかのように、ガラス戸を開けた義昭は体に触った。

「あれ、体は濡れていないね。どこかで雨宿りしていたんだろうね。それでも足は汚れているんじゃあないのかい」

俺を抱き上げて足を見る。「ミツエさーん、イークンの足は泥だらけだよ」

俺としても、体を乾かしている間に、一応は舐めて掃除はしたのだが、指の間の毛の泥は簡単にはとれない。

義昭にしたってそれくらいは分かりそうなものだが、俺の意思など無視して、というより光江への忠誠心を見せつけるかのように報告するのだ。

光江は俺の脚を拭くのが趣味かと思えるくらい、待ってましたとばかりに、雑巾を手に駆けよってくる。

「さあ、イークン、アンヨをキレイキレイにしましょうねえ」

嬉しそうに俺を抑え込む。

それを見ている義昭は言う

「まるで孫みたいなもんだね」

俺としても、こんな状態が三日も続けば、この状態は何とかしなくては……と考えるようになる。

そこで思い出したのが、この前、光江にしつこく足を拭かれているとき、義昭が言った言葉だ。

「トイレは外ばかりと考えているのがよくないよ。家の中にもちゃんと用意してあるのは知っているだろう」

と俺を見返したではなかったか。

その時の俺は、今はそんなことを言っている場合じゃないだろうと、反抗心さえ感じたものだったが、今になって改めて考えてみれば、義昭の言うことも、もっともだと思える。確かに、まだ来たばかりのころは、家のトイレを使った後、走り回っては部屋中に紙粒をまき散らしてから、神棚の上に駆け登っていたっけ……。

——なんのために家の中にトイレが用意してあるのだと？　そうか、非常用だけではなく、足を汚さないためでもあったのか——

そこに気がついた俺は、次の雨の日、早速家の中のトイレで用を足したのである。

それを光江に目撃されていた。

「あらイークン、今日は家に中のトイレを使ったの、偉いジャン。雨の日は家のトイレですれば、足が汚れないもんね」
光江もそれを知っていたのなら、一言思い出させてくれたらよかったのに……
というのは身勝手すぎるか。
それ以降の雨の日は、外に用を足しに出ないことにした。そして雨が止んだの
を確認してから出たのだ。
だが、それは早とちりだった。止んですぐに出たのでは、まだ地面が濡れてい
て、結局足が泥だらけになることに気がついていなかったのだ。
そこで雨が止んでからも、トイレに行きたくなったときは、家の中で用を済ま
せるようにした。
それにも光江は気がついた。もっとも、俺は家のトイレから出ると、走り回り
たくなる癖はそのままだったのだから、気づいて当然ではあろうが……。
「イークン、雨は止んだのに、外には行かないで、家のトイレでオシッコをした
の？　止んだばかりだと、まだ地面が濡れていることが分かったのかしらねえ―
光江は神棚の上に駆けのぼった俺に話しかける。

『そうだよニャーン』

　俺は光江が俺の考えに気が付いたことを知って、嬉しくなった。

「ヨシアキさん、イークンがそうだって答えたわよ」

　光江は俺の行動について、新しいことを目撃すると黙ってはいられない。

　隣の部屋でパソコンに向かっている義昭のもとに、わざわざ出向いて話しかけた。

　前にも触れたが、義昭はパソコンを二台持っていて、新居の方がインターネットに接続してあるので、メールを開いたり、ブログに投稿するときに使い、母家の方は、専らゲーム用で、オセロ、将棋、麻雀などに使っている。

　義昭はパソコンから目を放し、光江の方に向き直った。

「イークンもなかなかやるもんだね。この前、俺が家の中にだってトイレはあるのは知っているだろうと言ってやったのを思い出したんだね。でもそれは雨が降っているときの話で、止んですぐはまだ地面が濡れているところにまで考えが及んだというのが素晴らしいよ。それこそミツエさんの言う通り、イークンは天才かもね」

義昭も俺を理解してくれていたのは嬉しいね。


ここまでの行動は、俺が二歳になったばかりのことだったのだが、人間に換算すれば二七歳くらいだというから、これくらい頭が働いても、そう驚くにはあたらないかもしれない。

その後に、外に出ていて、雨が降りだしたときには、大急ぎで家に帰りトイレに行ったりもした。

光江はそれにも感心していた。光江にとって俺は、いつまでも手のかかる孫だという感覚が抜けないのだろう。

そんなことがあったからかどうかは定かではないが、俺は天候に敏感になった。というより、敏感な素質を持っていたことに、改めて気が付いたのかもしれない。

今日は何となく雨が降りそうだという予感がしたときには、外に出るのを控えて、母家の籐椅子で寝ている。すると実際に雨が降ってくるのだ。

初めのころ光江は俺が寝ていると、

「あれイークン、今朝は雨が降っていないのに外へは出ないの？　どこか具合でも悪いんじゃあないでしょうね」

と、心配していたが、そのうちに俺が家にいると雨が降り出す、ということに気がついたようだ。

「イークン、まさか雨が降ることを予知しているんじゃあないでしょうね」

籐椅子で寝ている俺の顔を覗き込む。そして、こんなことが度重なると、

「やっぱりイークンには予知能力があるみたいだわね」

ところが珍しいことに、このことは義昭には報告せず、自分の胸の内におさめていた。さらに雨が降りそうでもない空模様なのに、俺がノコノコと帰ってきて、籐椅子で昼寝を決め込んでいると、俺が雨を予知できることをまだ信じ切ってはいなかった光江は、

「珍しいわねイークン、まだ帰ってくる時間じゃあないのに、昼間から寝ている

なんて……」

と俺の身体を撫でまわす。

俺はやめてくれという意思を示して、体のむきを変えた。

「あら、うるさいの、ごめんね」

そう言いながらも、心配そうな顔をしながら立ち去る。

それから間もなくして、俺の予感通りに雨が降ってきた。

どうやら光江は、やっと俺の予知能力を本物だと思い始めたらしく、これは黙ってはいられないと、義昭のもとに出向き、大発見をしたかのように語りかけた。

「ヨシアキさん。大変、イークンにはね、雨を予知する能力があるみたいよ。外にでないから変だと思っていたら降り出すし、まだ帰る時間ではないのに帰ってきて、籐椅子に乗って寝ちゃったら、今度は降り出したのよ。最初は具合でも悪いのかと心配したけど、そうではなくて、雨が降ることを予知できるのよ、イークンは」

義昭はパソコンに、ブログの原稿を打ちこんでいたが、そんなことにはお構いなし、早口でまくし立てていた。

「一度や二度そんなことがあっても、即予知能力があるとは限らないだろう」

義昭はいたってまともに答えた。

「それはそうだろうけど……」

光江としては不満なのだ。

そう度々そんな機会は来ないものだが、それから一カ月ほど経ってからそのチャンスがやってきた。

俺は昼食を済ませたとき、空模様にあやしい気配を感じてはいたのだが、食後の運動も兼ねて、義昭にガラス戸を開けてもらい、（どちらかと言えば、開けさせて、の方が正しいかも）外に出た。

近所の竹やぶでトカゲを追いかけたりして飛び回っていたのだが、雨の気配がだんだん近づいてきているのを察知したので、降りださないうちにと思い、早めに帰宅した。

光江と義昭は茶の間で一服していた。

「あら、イークンお帰りなさい。ほらヨシアキさん、まだお腹がすく時間ではないのに帰ってきたでしょう。ことによったら、雨が降り出すかもよ」

俺の予感としては、間違いなく降る。三〇分もしないうちに降りだした。

「ほーら降り出した。アタシの言ったとおりでしょう」

光江は自分の予想が当たったかの如く、勝ち誇ったように胸を張った。

「ホントだね、ことによったら、これは猫特有の予知能力かもしれないね。例えば地震の前には天井のネズミが走りまわると言った類いにさ。あれと同じではないのかな」

「うーん、アタシはイークン特有の才能だと思うけどなあ」

光江としては俺を予知能力のある天才猫にしたいのだ。

義昭にしても光江に感化され、俺の予知能力を信じ始めたようだ。

「いずれにしてもさ、イークンには雨の気配を察知する力があることは、間違いなさそうだね。素子さんの家には四匹もいるんでしょう。今度聞いてみたらどう？」

「でも、あそこんちでは、外に絶対出さないようにしているのだから、判断がつかないわよ」

「そうかあ。奈津江さんのところでは、夫婦とも忙しくて、接している時間が少ないだろうしなあ。ということは、うちみたいに観察できる家が少ないということは、イークンだけが特別に持つ能力ということにしても、確かめようがないのだから、誰も文句を言わずに信じるしかないかもね」

「そうよね、それは言えるわよね。我が家のイークンは並みの猫とは違って、予知能力を持っているって自慢できるかもね」

光江はすっかりその気になっているようだが、俺としてもそれはそれでいいと思う。いずれにしても俺には雨の気配を感じ取る能力のあることに間違いないのだから。

それでも、ことによったら、義昭が言っていたように、この予知能力は、猫族すべてが持っている能力かもしれない、という気がしないでもないな。

ま、それはそれとして、足を汚さないという本題に戻ろう。

俺は気がついたのだ。濡れていようがいまいが、地面を掘るということは、多かれ少なかれ前足が汚れることは避けられない、ということに。

もっとも、少しの汚れなら、舗装された道路を歩いているうちに、泥は落ちてしまうので、何が何でも家のトイレを使わなくてはならないというわけではない。

いずれにしても、外より家のトイレで用を足す回数の方が、多くなったことは確かである。

光江も義昭もそれを感じ取っていた。

「最近イークンは、家のトイレをよく使っているみたいだわね」

「雨が降っているときだけじゃあないというのが素晴らしいよ。地面を掘れば足が汚れるし、そうなるとミツエさんに抑え込まれて足を拭かれる。それを防ぐにはどうしたらいいかと、イークンなりに考えたんじゃあないかね」

「そうね、イークンならそのくらいは考えるかもね、なにしろ天才なんだから」

「もしですよ、イークンは雨雲の動きを予知し、それをもとにして、さらに足を汚さない策を講じているとすれば、俺としても天才だと認めざるを得ないかもなあ……」

「あら、ヨシアキさんはまだそんなことを言っているの？　アタシはずーっと前から天才だって認めているというのに」

「いくら人間の七倍も歳をとるのが早いと言っても、イークンはまだ二歳になったばかりだぜ」

「アラ、猫の二歳は、人間に換算すれば二七歳だって言ってたでしょう」

「それはそうだけどさあ、動作はまだ子どもっぽいし……。これは俺の独断と偏見かもしれないけど、二七歳というのは肉体的な年齢で、精神年齢は二歳のままではないのかな」

「うーん、そう言われてみればそうかもしれないわねえ」

光江は優柔不断でいけないよ。

俺は二人の会話を聞いていて、光江も義昭も猫の本質を理解していないことを思い知らされた。

子どもっぽい動作と見ているのは、猫じゃらしなどに夢中になって、じゃれつくことを指して言っているのだろうが、猫が動く物を抑えこもうとするのは、獲物を捕るという、猫の本能的な動きなのだ。それを可愛いらしいとみるのは勝手だが、猫にとっては生死をかけた動きなのだ。この辺のところを理解してくれなくては困る。

前足の爪を研ぐのは、爪先をとがらせるためではなく、古くなった爪はもろくなっているから、出てきている新しい爪と交換させているのだ。何と言っても前足の爪は猫の武器なのだから、常に研いでおかなければならないのだ。

光江も義昭も俺という天才猫と一緒に生活しているのだから、このくらいのことは承知していてくれなくては困るよ。

四　ガラス戸を閉めた

義昭は前立腺肥大ということもあってか、夜中に三〜五回トイレに起きる。一回目が大体三時ごろ。その時間を待ち構えて俺はガラス戸を開けてもらい、外に出る。

先ず家の周りを一回りして、縄張りを見回る。だいたい二〜三時間もすれば腹が減ってくる。「腹が減っては戦ができぬ」ので一旦家に帰る。義昭と光江が寝る前に用意しておいてくれたキャットフードを食べて、また外に出る。

その頃、また義昭がトイレに起きてくるのだが、俺が自分で開けたガラス戸を、義昭は閉めてからベッドに戻るのである。それがだいたい五時ごろのことだ。

七時〜八時ごろに帰ったときには、食器は空のままのことの方が多い。そこで光江か義昭を起こして食事の催促をする。

義昭は睡眠時無呼吸症候群も患っているので、無呼吸状態のときに、強制的に呼吸させるマスクを装着している。

俺の見た感じでは、それほど神経質とも思えないのに、

「マスクをしていると寝られない」

と言って、取り外していることが結構ある。

そんな時、俺はベッドに伸び上がり、義昭の鼻にパンチを放ち、叩き起こす。

「いてえよ、いてえよ、イークン、猫パンチを喰らわすときには、手の爪は出さないでくれよ」

義昭は俺の前足を手という。確かに人間の手と同じ働きをしているのだから、それでもいいのだが、正式には前足だ。

爪を出さないでくれと言うが、それは無理というもんだろう。義昭が俺に接するときのことを考えてみなよ、ふざけた態度の時の方が多いだろう。

食器にキャットフードを入れるときでも、待ち構えている俺の顔をむんずとつ

かんだり、指ではじいたりするではないか。だから俺の方も、義昭に接するときには、遠慮なく爪を出すのさ。そして、嚙みつくときにも歯をたてるのだ。

だが、前にも言ったが、光江の場合は明らかに違う。母親が子どもに接するように、優しい態度なのだ。そんな人に、爪を出したり、歯をたてて嚙みつけるわけがないだろう。

義昭が光江に「イークンは俺を部下だと思っているんじゃあないか」と言っているのを度々聞いたことがあるが、義昭の頭の中には、この思いが根強くはびこっていて、なかなか抜けきれない。だから何か事がある度に、この思いが口をついて出るのだ。光江はちゃんと理解しているぞ。俺は、義昭の俺に対する態度に応じているだけだということを。

義昭は犬と猫を比較して、犬の場合は飼い主が主で自分は従だと躾けられているが、猫の場合は、あくまでも自分が最上位と決め付けていると、思いこんでいるから、そう言う発想になるのだろう。

もういい加減目覚めてくれよな。

それにしても、躾という名のもとに、人間が自分の思い通りの行動を取るように押しつけるというのは、たとえそれで満足している犬がいるとしても、犬の意志は全く無視されているではないか。俺に言わせれば言語道断だよ。人間のエゴ以外のなにものでもない。そんな境遇の中で、黙々と人間に尽くしている盲導犬の存在には頭が下がる。

本能の赴くままに行動している猫には、とうてい真似のできないことだ。

それはさておき、家の出入りは、いつも光江か義昭にガラス戸を開けてもらっているのだが、その様子を見ていて、ガラス戸は横にずらせば開くことを見ただけで理解した。

そこで帰宅した時に、自分で開けられないか試してみた。

先ず右前足をガラス戸の縁にかけ、左横にずらそうとしてみた。だがガラス戸は俺の力では動かない。そこで横に力を加えるより、手前に引く方が、力の入り方が違うことを知っていたので、俺の体をガラス戸の左側に移し、手前に引いてみた。思った通り、隙間が少し開いた。

そこへ顔を横にして、鼻先を差し込み、次に顔を正面に戻した。隙間は顔の幅に広がった。こうなればしめたものだ。あとは体全体を押し込めばいいだけだ。

こうして俺は、ガラス戸を自分の力で開けることをマスターしたのだ。

外に出ているはずの俺が、突然、何の前触れもなしに、目の前に姿を現わしたら、光江も義昭もびっくりするに違いない。

その時を想像して、俺は楽しくなった。そして実行した。

部屋に入っていき、食事処の前に座った。生協のカタログに目を通していた光江は、気が付かない。

そこで声をかけた。

『俺は帰ってきてここにいるよ。食事にしてくれニャーン』

期待通り光江は驚いた。

「あれ？　イークンじゃあないの、外に出ていたんじゃあないの？　どこから入ってきたのよ」

そう言って、濡れ縁手前のガラス戸を見に行った。そしてガラス戸が開いているのを見てさらにびっくり。

「あれっ、まさかイークンは自分でガラス戸を開けたんじゃないでしょうね」

『勿論、自分で開けたんだニャーン』

それが光江に通じたかどうかはわからなかったが、俺の新しい行動を発見する度に持ち上がる大騒動が始まった。

「ヨシアキさん、ヨシアキさん大変、イークンは自分でガラス戸を開けて入ってきたわよ」

義昭も驚きはするが、光江ほどオーバーではない。それでも光江が騒げば、一応は何事かと、母家のパソコンの前を離れてやってくる。

「この前、テレビで見たのは、猫がドアに飛び乗って、後ろ足でノブを蹴って開けたシーンだったけど、横開きのガラス戸を開けたということは、イークンの方が上手かな」

「そうに決まっているわよ。ドアを開けたのは、たまたま飛び乗ったら、ノブに後ろ足が引っ掛かって開いたんでしょう。ガラス戸の場合、自分の意志で開けようとしなければ明かないのだから、たまたまということは起こり得ないでしょう」

「たまたま少し隙間があって、そこへ顔を突っ込んで開けたのかも知れないよ」

「うーん、そうか、それもあるか……。いずれにしても、開けるところをこの目で見てみないことには、何とも言えないわね」

光江はしぶしぶ義昭の意見を聞き入れはしたが、二人とも、俺の行動から目を放さないでいよう、ということで一致した。

そうは言っても、俺が二人に向かって、これから開けてみせるぞと呼びつけるわけにもいかないのだから、二人の見ている前で、ガラス戸を開ける機会が、そう簡単に訪れるとも思えず、成り行きに任せるしか仕方がないだろうとは思っていた。

ところが、そのチャンスが意外と早くやってきたのである。

その日は午前中雨が降っていたが、俺の睨んだ通り、午後には上がった。止んですぐに出るのは控え、まずは昼に食べ残しておいたキャットフードを平らげた。

そして、ガラス戸の前でしばらく外の様子を確認してから、おもむろに前足を前に突き出して、思いっきり伸びをしてから、ガラス戸に向かった。

それを義昭が見ていた。

「ミツエさん見てみて、イークンがガラス戸の前に行ったよ、これから開けるよ」

俺の耳は背後で義昭がささやいているのを聞き取っていたが、見せつけるにはいい機会だと考え、そしらぬふりをして、ガラス度を開けにかかった。

ガラス戸は四枚あり、中央の二枚が左右に開くようになっている。俺は左側のガラス戸の方に体を横づけにして、右前足の爪を角に引っ掛け、手前に引いた。

ところで、俺は右利きだから、向かって左側のガラス戸を開けるが、左利きの猫の場合は右側のガラス戸を開けるだろう。

俺としては、初めて開けてから一週間ほど経っているので、何度も開けているので手なれたものだったが、初めてみる二人にとっては、驚きの連続に違いない。

開けた隙間に顔を横にしてから鼻先を差し込み、その顔を正面に直して隙間を広げ、次に身体を押し込みさらに隙間を広げて、するりと外へ出た。

「イークンすごいっ、天才！」

光江は大拍手、義昭もつられて拍手だ。

「ミツエさんの言う通り、ホントに天才かも知れないね」

義昭は光江に同調してはいるものの、まだ心から天才だとは思っているわけではないのだ。

「俺だってそれくらいのことは見当がつくさ。猫をバカにしちゃあいけないよ」

と言ってやりたいところだ。

それでも、光江の天才騒ぎに対してはまんざらでもない気分だ。

ここまでの俺の行動で、義昭の評価は天才に近付いてはきているようだが、俺はさらに上乗せすることをやってのけた。

夏も過ぎ、二人にとって、俺が自分でガラス戸を開けて出入りするのは、もう当然と思われるようになっていた。

種子島の秋はないに等しい。夏が去ればすぐ冬になる。俺がガラス戸を開けて出れば、当然開けっ放しになる。冷たい風が部屋の中に流れ込む。

二人にとって「自分でドアを開ける猫」として自慢の存在ではあるのだが「開けっぱなし」というのが弱点に思えてきたようだ。

「開けたら閉めるということができたら、言うことなしなんだけどね」

「いくらイークンでも、それは無理だよ。それができたら天才どころの話ではなくなっちゃうよ」

俺としても、初めのころは二人とも言いたいことを言っていると感じていた。

ある夜、部屋に入って行ったら、光江が俺の顔を両手で挟み、自分の顔を俺に近づけて言った。

「イークンねえ、ガラス戸を開けたら閉めてくれないかなあ、エアコン代が無駄になっちゃうのよ」

エアコン代だ？

光江は言葉を継いだ。

「そうしてくれれば、文句なしの天才なんだけどなあ」

文句なしの天才？　じゃあこれまで天才、天才と言っていたのは、まだ文句があったということだったのかい。

まあさ、俺としても天才と言われりゃあ悪い気はしなかったけどさ。いい気になっていたのも事実だな。

だからと言って、ガラス戸を開けたら閉めるという必要性は、俺自身の生活習慣に於いては存在しないしなあ。

義昭がつぶやいた。

「イークンに閉めろというのは酷だよ。イークンにとって、閉める必要性は全くないもの。それに、いくら天才だと言っても、閉め方までは分からないだろう。

前にも言ったけど、もし閉めたりしたら、それこそ人間並みになっちゃうよ」

義昭の言葉を聞いて、ガラス戸を閉めるということが、俺にとっていかに困難な作業であるかが理解できた。

義昭は俺の手の届く行動範囲を理解しているようだ。だがそれに甘えていていいものだろうか。光江の天才説を裏切ることになるではないか……。

義昭が言うように、俺には閉める方法はちょっと思いつかない。だが、どうしても閉めるのは不可能だろうか。

俺の頭の中では、何となく方法はありそうな気がしていたのだ。

そして気がついた。これまでにも、俺が閉めなくても閉まっていたことがあったではないか。

つまり、開けてくれていた者（言いかえれば俺が開けさせた者）が閉めていた時期があったということを思い出したのだ。

まだ自分でガラス戸をあけられなかった頃は、家を出るときも、入るときも『開けてくれニャーン』と、光江、あるいは義昭を呼び付けた。そして俺が出たり入ったりした後、開けてくれた者が閉めた。その頃の状態に戻せばいいではないか。

俺は今まで自分で開けられるということを誇らしく思い、いい気になっていたようだ。今や開けられるのが当たり前になっているのだから、威張ることでも自慢することでもないのだ。

そこに思い至った俺は即実行に移った。

先ず外出から戻って来たたとき、ガラス戸の手前から
『開けてくれニャーン』

と叫んだのだ。

「あれ、イークンは自分でガラス戸を開けられるんじゃなかったっけ」

出てきた義昭が不思議そうな顔をして俺を見た。

『早く開けてニャーン』

俺はもう一度催促した。

「イークンおかしいぜ、せっかく自分で開けられるようになっていたのにさあ。

手でも痛いのかい？」

そう言いながらも開けてくれたので、食事場所に行って待機した。

「まさか開け方を忘れたわけでもないだろうになあ」

義昭はぶつぶつ言いながら、キャットフードを食器に入れてくれた。

いずれそのうちに、俺の真意が分かる時が来るだろうと、俺は食事を進めた。

そして終わったところでまたガラス戸の前に行き、義昭に訴えた。

『開けてくれニャーン』

「どうしたんだいイークン、やっぱりおかしいぜ。ちょっと右手を見せてみな、怪我でもしているんじゃあないのかい」

義昭は俺の右前足をつかんで足の裏を点検した。そして肉球を撫でまわした。

「どこもなんともないじゃあないか」

首を傾げながらも、ガラス戸を開けてくれた。

「ハイハイ、行ってらっしゃい。早く帰っておいでよ」

「早く帰っておいでよ」は義昭の口癖だ。

俺は義昭がガラス戸を閉める音を聞きながら、振り返りもせず門の方へ向かった。

先ずは、ガラス戸を閉めるということに対しては成功したわけである。

光江に対しても、これと同じことをやったのだが、義昭ほどの不思議感は抱かなかったようだった。

それでも度重なるうちに、光江もおかしいことに気がついた。

「最近のイークンはおかしいわよ。入るときも出るときも呼び付けて、ガラス戸を開けさせるんだから……。せっかく自分で開けられるようになったというのにねえ」

「どうしたのかねえ、ここのところ毎回呼び付けているぜ」

「ホントにどうかしちゃったのかも知れないわよ。それにしても、アタシ達が買い物に出かけて留守にしているときは、ちゃんと自分で開けて出入りしているのだから、開け方を忘れたわけではないのよね」

「そうかあ、開け方を忘れたわけじゃあないとすると、何か他に魂胆でもあるんじゃあないかな」

「そうねえ、天才イークンのことだから、何か考えがあってのことなのかしらねえ」

光江と義昭は、俺の行為に疑いの目を向けてきた。

そんなことがあってから、一週間ほど経った夕食時、光江があることに気がつき、義昭に大真面目な顔で話しかけた。

「ヨシアキさん、アタシねえ、イークンが入ってきたときに、ガラス戸が開けっぱなしだと、エアコン代がもったいないから閉めてきてよって、言ったことがあったのよ。それも二～三回ね。イークンはそれを気にして、閉めるにはどうしたらいいか、と考えた上での行動ではないかしら」

「まさか……。もしそうだとしたら、イークンはとんでもない天才だぜ」

義昭は信じられないと言った顔をして光江を見詰めた。

「でも、アタシにはそれくらいしか思いつかないのよ。イークンがまだ自分でガラス戸を開けられなかったころ、トイレの用を足しに外へ出るときは、二人のどちらかがガラス戸を開けていたでしょう。そしてイークンが出た後は閉めていたでしょう。帰ってきたときにも開けさせていたもののね。それを思い出して、自分で閉められないのならば、閉めてもらうしかないじゃあないかと思いついたのじゃあないかしら……」

義昭が「エアコン代がもったいない」なんてことを俺に言うわけがないから、光江の発想には思いつかなかっただろうから、光江の考えを聞いても、直ちに納得はしなかった。

「そうか、そんなことがあったのか……。それにしても、自分で閉められなければ、開けた者に閉めさせればいいということに考えが及ぶかねえ」

「だって、実際にそういう時期があったのだから、それを思い出すということは考えられるでしょう。なんてったって、イークンは天才なんだから……」

「そうだなあ、そう言われてみれば、考えられなくはないなあ。そうだとすると、さっきも言ったけど、そんなことに気がつくなんて、とんでもない天才だぜ、イークンは」

この夜も俺は義昭に開けさせて、夕食を済ませ、隣の母家の籐椅子の上で横になっていたのだが、二人の会話の様子は耳に届いていた。

光江も義昭も自分本位の目で俺の行動を判断せず、俺の身になって考えてくれている。俺はいい家族に恵まれていると、改めて思うのだった。

二人揃って食事を中断して、俺のもとにやってきた。

「イークンさあ、ガラス度を閉めるためにアタシ達を呼び付けたの？　もしそうならすごいわねえ、間違いなく天才だわねえ」

光江は俺の頭を撫でてから、おでこにキスをした。

「ホントかいイークン、そうだとすれば、これはギネスものだぜ」

義昭はギネスものなどと、わけのわからないことを言いだした。

「ギネスものなんて言ったって、イークンに分かるわけがないわよねえ」

ま、おおよその見当はつく。天才とは公的に認められての公称ではないが、ギネスに認められるということは、世界的に公認されたということなのだろう。

とにかく二人は俺の考え抜いた行動を、見事に見抜いた。これは猫の身になって、つまり猫目線で考えたからこそ、解けたのだ。

さあて、次の天才技の話はどれにするか、俺としても楽しみになってきたな……。

五　寝ている光江を見守る

俺はいつも通りに早朝四時、義昭がトイレに起きた時、母家の四畳半のガラス戸を開けてもらい外出した。

義昭は俺が出た時に朝食の用意をしておいてくれる。

俺は縄張りを一回りして、仲間との顔合わせを済ませ、俺の存在を誇示してから、七時ごろに一度帰宅する。

その時、俺は自分で新居の方のガラス戸を開けて部屋に入り、用意してあった食事を済ませてから、俺のベッドになっている母家の籐椅子に戻って、眠りにつく。

ガラス戸は開けたままになっているが、その頃、ちょうどいい塩梅に、義昭がまたトイレに起きてきて、ガラス戸を閉めてから、ベッドに戻ることになっている。

そして九時ごろには光江が目覚め、俺も一緒に起きる。

小腹が空いているときには、食事を催促して、一口食べてから外出する。腹が減っていないときはそのまま光江にガラス戸を開けてもらい、外に出る。

大体のところ、これが俺の毎朝のペースである。

ところがその日、いつもなら目覚めるはずの光江がまだ寝床の中にいて、起きあがる気配を見せないのだ。

俺は籐椅子から降りて光江の枕元に行ってみた。

『起きる時間だよニャーン』

声をかけてみたが、目はつむったままだ。こんな光江は見たことがない。俺は心配になって、枕元に座って様子を見ていた。

義昭もそれに気がついて起きてきた。

「どうしたんだいイークン、ミツエさんが起きるのを待っているのかい？」

俺はそのまま光江の顔を見詰めていたら、義昭もいつもと違う様子に気がついた。

「ミツエさんどうかあるの？　気分でも悪い？」

種子島では「どこかおかしい？」という意味で「どうかある？」と聞く。

義昭が声をかけたら、光江が目を開けて、ぼそぼそと、力のない声で呟いた。

「さっきトイレに行ったとき、ふらついたのよ。もう少し寝かせて」

「お医者さんに診てもらわなくていいのかい？」

「もう少し横になっていれば治ると思うから、朝食は自分で適当に食べて」

「お粥でも作ろうか」

「いらない、何も欲しくない」

じゃあそうするよと言って、義昭は光江の傍を離れた。

俺は枕元から離れず、光江を見守り続けていた。


義昭はいつもの光江がやっている、神棚のお茶淹れに取り掛かった。

義昭はたまにはお茶淹れをすることがあるのだが「ミツエさんより上手かもよ」と言うくらい、手なれた手つきでこなす。

そして自慢話につなげる。

「俺は中学を出た時、両親が畑仕事で遅くまで働いていたので、食事の用意は全部やったんだよ。食卓についてからも、ご飯をよそったり、お茶を淹れるのも、俺の仕事だったんだ。だから、茶葉の粗さ、細やかさで急須に入れる量を調整するのだが、それがうまかったんだ」

といった具合だ。

こんなセリフを耳にすると、光江はいつも言う。

「ほらね、イークン。またヨシアキさんは自分の自慢話につなげたでしょう」

確かに義昭は、まるで自分自身には関係のない話題でも、自分の話に結び付けるのが得意だ。

その度に光江から「今はヨシアキさんの出るところではないの」とたしなめられて、話を引っ込めるのだったが、ついでに一言加えるのを忘れない。

「少し話題を広げるために、俺のことを持ち出したんだよ」

そんな義昭の朝食は簡単で、俺と大して変わらない。というのは、身長一六〇センチで体重七〇キロとあって「あと一〇キロは落とさなくては」という光江の計らいで、ダイエット食を兼ねて、カンパン六個とカルシウム入りのウエハース一本だけなのだ。

カンパンをゆっくりかみ砕いてから飲み込んでも、五分もすれば食べ終わってしまう。それでも体重は落ちない。

光江に「不思議な人」と言われれば「俺は水を飲んだだけでも太る体質なんだ」とうそぶいている。

ところで、お茶を淹れるのは、俺が駆け上がる新居の神棚と、母家のお勝手口の茶箪笥の上に飾ってある、恵比寿様と大黒様の人形の二カ所である。

義昭はお茶淹れが終わってから、光江の様子を見に来た。

普段は南国生まれらしく、元気印そのものといった顔色をしている光江が、青白い顔をして寝ている。そんな光江の顔を俺は見つめていた。

「イークンは偉いね、ずーっとミツエさんを見守ってくれていたのかい」

義昭が声をかけてきたが、俺は聞き流して光江の顔を見続けていた。

そんな俺の様子を見て義昭は俺の頭を優しく撫でながら言った。

「遊び盛りのイークンがさあ、いつもならとっくに外に出ていくというのに、それを我慢して、ミツエさんの傍に付き添っているなんて、信じられないよ。ミツエさんが知ったら、涙を流して喜ぶよ。偉いと言うより凄いよ。恐れ入りました」

俺と光江の顔を交互に見ていたが、まだ寝かしておいた方がよさそうだと判断したのだろう、義昭は立ち上がろうとした。

その気配を感じ取ったのか、光江が目を覚ました。

「あら、ヨシアキさんそこにいたの、朝食は済んだ？」

起きあがろうとした光江を義昭は慌てて止めた。

「まだ寝ていた方がいいよ、イークンが外にも出かけず、ずっと付き添っていたことだし……」

それを聞いた光江は、病人とは思えない素早さで布団をはねのけた。

そして枕元で光江の顔を見上げている俺と目があった。

「イークン、本当に付き添ってくれていたの？」

「そうだよ、俺が起きた時、既にそこにいたということは、いつも七時ごろ外に出るけど、それを止めて、それからずっとだよ」

「そうなの？　イークン。ありがとう、ありがとう」

光江は俺を抱き上げて、頰ずりを繰り返した。義昭が言っていた通り、涙ぐんでいた。

「イークンはミツエさんを母親みたいに思っているのかねえ」

そんな様子を見ていた義昭も、一緒になって俺の背中を撫でる。

光江が俺の母親？

それはないな。前にも言ったが、犬の場合は人間が主で、自分は従だと認識するように躾けられるから、面倒を見てくれる女性を母親としてみることも可能だろう。だが、猫は常に自分本位行動をとっているので、たとえ母親のような愛情をもって接してくれていたとしても、感謝こそすれ、母親としてみるということはあり得ない。

家猫としての歴史から言っても、野生であった猫の方から人間を相棒に選び、家猫として共同生活をするようになったのであり、人間の方から猫を選んで家猫にしたのではないのだ。だから、それから考えても、人間と猫は同等の立場にあって、主従の関係ではないのだ。

いってみれば光江と俺の関係は気心の知れた、信頼しあっている仲間のようなものだ。義昭にしてもそれは同じだよ。

ただ、接し方に多少の違いがあることは、以前にもちょっと説明したが、二人の俺に対する扱い方の違いによるのだ。

光江の場合は母親のように優しく接してくれるが、義昭はキャットフードを食器に入れてくれる時でも、俺の頭をがばっとつかんで「さあ、メシだよ」と、おふざけ調な態度をとるので、俺の方もじゃれつくときなどは遠慮なく爪を出す。

義昭は「やっぱりイークンの中では、母親のように接してくれるミツエさんの方が、俺より上位に位置しているからだよ」という思いから抜け出せないでいるのだ。

俺としては二人とも俺と同格の存在として対応しているのだが、その対応の仕方が、それぞれ違うだけなのだ。それを義昭は、自分の思い込みが先にたっているために、なかなか理解できないでいるのだ。

そしてこの時もまた「ミツエさんの方が上位」と同じことを口にしていた。

もう一つ、義昭には猫との付き合い方が密接ではなかったこともあるのだろうが、猫に対する見方に、感覚的なずれがあるようだ。

一つの例だが、俺が腹をすかして帰宅し、食事処に座って待機する。それを見て取った義昭は新聞に目を通している光江に「イークンが餌を待っているよ」と教える。

光江は「餌」という表現を嫌う。

「餌じゃないの、お食事なの。イークンは家族の一員なんだから。何度言ったら分かるのよ」

光江は新聞から目を離さずに答えるが、動こうとはしない。

「そうでした、お食事でした。ちょっと待ってよ、イークン」

義昭はこの辺の感覚が光江と異なり「猫を飼っている」という意識から抜けだしていないのだ。だから無意識のうちに「餌をやらなくては」と思うのだ。

それに加えて、相変わらず「ミツエさん上位、俺は部下」という思いも付きまとっているので「ミツエさんはお尻が重くて困りますね」とぶつぶつ言いながらも、文句を言わずに、キャットフードを入れてくれる。

こんな義昭の行動を見ていると、光江の考えに同化するのも、そう遠くはなさそうな感じではある。


ところで、俺が見守っていたことを知った光江は、まだ船橋で親子四人が生活していたころ、一緒に生活していた、純白のハナコという雌猫のことを思い出したようだ。

「船橋にいたころ、テツロウに小言を言っていると、ハナコは必ずテツロウの膝に上がって『叱らないで』というような顔をして、私を睨みつけていたわよね。

猫は常に弱い立場にある者の味方をする生き物なのよね」

（ちなみに義昭と光江の間には、長女・めぐみ、長男・哲郎の二人の子どもがいて、光江の母親の五年祭の時に顔を合わせているので俺も顔を知っている。二人とも船橋に住んでいる）

光江は改めて俺を強く抱きしめて言った。

「だからハナコもイークンも天才なのよ」

どうしてそれが天才に結びつくのかはわからないが、すっかり気分がよくなった光江は元気も取り戻したようだった。

それを見て俺も安心した。光江が起きあがるのを見届けて、食器の前に正座して、食事を待っている態度を見せた。

義昭は俺と光江を見ながら改めて言った。

「ほんと、イークンがミツエさんに付き添っているのにはビックリしたよ。何度も言うようだけど、やっぱり母親だと思っているんじゃあないかね」

「だからさあ、それは違うってアタシは何度も言っているでしょう。ハナコもテツロウを自分の仲間だと思っていたはずよ。ということは、イークンにとってアタシも自分の仲間なのよ。つまり猫も人間と同じ立場だと思っているのよ」

「うーん、その辺がいまいち俺には理解できない点なんだよ。俺の感覚の中では、イークンは俺を自分の部下扱いしているとしか思えないんだけどなあ……」

控えめになってきてはいるが、義昭はまた同じことを繰り返した。

「そうじゃあなくて、ヨシアキさんもアタシと同じに自分の仲間で、立場的には同格なの！」

しつこいと感じたのだろう、強い口調で光江はたしなめた。

「そうかなあ、食事を要求されたときに手間取っていると、足の甲にかみつくし、ふざけているときも爪を立てるし、嚙みつくときも歯を立てるしさ。ミツエさんにはそんなことしないでしょう」

「それはねえ、同じ仲間でも尊敬している者と、遊び相手的な存在な者との違いよ」

「尊敬ねえ、たとえ同格でも、尊敬する相手と、遊び相手的に扱う者と区別しているというわけか」

さすがに光江は心得ているよ。それにしても義昭の思い込みは、なかなかしつこい。いい加減で分かってくれよ。

そこで俺は改めて食事を催促した。

『早くゴアンを出してくれよニャーン』

それ聞いて光江はすかさず言った。

「ほら、ヨシアキさんにも聞こえたでしょう、イークンがいまゴハンて言ったのを」

「ゴハンではなく、ゴアンとは聞こえたような気がするけどね」

「それでいいのよ、ネコはハヒフヘホを言えないんだから」

「確かにニャーンとは違う口調ではあったようだけどね」

「この前からイークンは喋れるんじゃあないかって言っていたでしょう。このゴハンがその証拠よ。これでヨシアキさんも、イークンが喋れることが分かったわよね。ということは、アタシたちが喋っている言葉も全て理解しているはずよ。

「これでイークンは文句なしに天才猫の仲間入りをしたわよね」

光江は「天才」を繰り返し、いつものように、まるで自分のことのように胸を張ったのだった。

こう何度も天才、天才といわれ続けていると、なんだか俺もそんな気がしてきた。

テレビなどでも
『おはよう』『行ってらっしゃい』『お帰りなさい』

などと言うように聞こえる鳴き方をする猫が紹介されていることは俺も知っている。

つまり、喋ることができるということは、人間の言葉をすべて理解している、につながるのだ。

義昭は光江に言われて、俺に対する考えを少しは改めたのかもしれない。俺に向かって語り掛けてきた。

「イークンもゴハン以外の言葉を喋ることができるんじゃないのかい？ ことに

よったらもうすでに口にしていたりして……。イークン、何か別の言葉を喋って見せてよ」

「そんなこと急に言われたって無理よね。今のところはっきりときいたのはゴハンだけど……。でもね、この前『タダイマ』って言ったような気がしたのよ。それ一度だけだったので、また言うかもしれないから、ヨシアキさんも聞き逃さないように、常に注意していなくっちゃね」

光江は助け舟を出してくれた。

義昭はお構いなしに俺を焚きつける。

「さあて、イークンは次の天才技に、何を披露してくれるのかね」

「すぐにみつかるわよ、気がついたら教えるから待っていてね」

冗談半分の義昭に対して、光江は真剣な表情だ。

二人が期待しているのであれば、俺としても喋るところをはっきり知らせなくてはならないな。

真面目にそう考えた。

それを察知したかのように、義昭が声をかけてきた。

「やっぱりイークンは、まだほかにも知っている言葉があるような顔をしているな。遠慮しないで早くしゃべって、オレたちを喜ばせてくれよな」

『分かったよニャーン』

俺は大あくびをして見せた。

「イークン、余裕だわね」

光江は頼もしそうな顔をして、俺を見つめた。


ところで、人間の中には人間を中心に考えて、猫をペットとして認識している向きも、多くいるようだ。

犬はそのような扱いをされても文句は言わないにしても、猫にとってはとんでもないことである。

そんなことを考えていたら、猫と人間は同じ仲間同士という関係を、まだ完全に納得していないのだろう、義昭がある日、俺にこんな質問をしてきた。

「イークン、君は我が家のペットかい？」

ペットとは食事を与えて飼ってやって、可愛がっている生き物、つまり愛玩動物のことを言う。俺は何を今更言っているのかと、言ってやりたかった。

義昭自ら「一万年以上も前、ヤマネコとして暮らしていた猫の方から人間に近付き、家猫に納まった、という説が有力だ」ということを、ネットで検索しているではないか。

一応は『ペットじゃないよニャーン』と答えてはおいたが、さて、猫は人間と同等の立場で付き合っていることを義昭にわからせるにはどうしたらいいか……。

図らずも、俺たち猫族は、人類と同等の立場で接していることを証明するチャンスが訪れた。

それは二人が買い物に出かけた時のことである。その時たまたま俺も家にいた。

先ず光江が声をかけてきた。

「イークン、アタシたちは買い物に行ってくるけれど、イークンはどうする？　一緒に外へ出る？　それとも、お留守番をしてくれる？」

「まさか、イークンが留守番をするわけないだろう」

義昭は端からあてにしていない。

俺は、これは義昭を納得させるにはいい機会だと考えた。

『わかったニャーン』

「え、イークン、いま分かったって言ったの？」

普段から日常的に会話を交わしている光江には、俺が何と答えたのかがわかるのだ。

「ミツエさんにはイークンがなんていったのかがわかるのかい？」

「当然よ。じゃあイークン宜しくね。ヨシアキさん行くわよ」

光江は半信半疑の義昭を促した。

腰を三度も手術して、左足に力が入らなくなっている義昭は母屋の玄関から出る。義母のためにつけた階段が大いに役立っているのだ。

俺は義昭を見送るために、母家の方へついていった。

「あれ、やっぱりイークンも外に出るのかい？」

いつも通りに考えれば、俺も一緒に外へ出るところなのだが、留守番を頼まれたとあっては出るわけにはいかない。

階段の手前で正座して

『行ってらっしゃいニャーン』

「出ないのかい？　ホントにイークンは留守番をするつもりなのかい？　それじゃあ頼んだよ」

「なんか『行ってらっしゃーい』って言ったような気がするな」

義昭は首を傾げながらも、光江の後を追った。

光江の買い物は、車で七〜八分のところにあるスーパーがメインで、大体二〜三時間はかかる。義昭は運転手係として、常にお供をしているのだ。

俺は義昭を見送った後、玄関前の四畳半に置いてある椅子用のテーブルの上に乗って二人の帰りを待った。

三時ごろ出かけた二人は、五時過ぎに帰ってきた。

先にも触れたが、義昭は腰が悪いし、左足の親指には力が入らないとあって、荷物はすべて光江任せだ。

光江は両手のレジ袋を、まず母家の玄関にどさっと置いた。

テーブルの上で待ち構えていた俺に気が付き、声をかけてきた。

「あら、イークンただいま。ホントに留守番していたの？　お利口さんねえ」

車を車庫に入れてから来た義昭に「ほら、イークンはお留守番をしていたわよ」と告げた。

「まさかと思っていたけど、ホントだったんだね、イークンはすごいね、見直しちゃったぜ」

これで義昭も、俺が人間の言葉を理解したうえで、同等の立場で接していることが分かったのではないかと考えた。

そして、俺はテーブルの上で体を伸ばし、大あくびをした後、その四畳半のガラス戸のところへ行った。

『それでは今度俺が外に出るよ、ガラス戸を開けてくれニャーン』

「ハイ、ハイ、ただいま」

義昭はすぐ開けてくれた。

その夜の夕食どき、義昭は光江に話しかけた。

「それにしてもさあ、イークンはホントにすごいね。留守番を頼めば俺たちが帰るまで家にいたということは、留守番という言葉の意味も理解していたということでしょう。天才どころの騒ぎではないよ。もう人間並みジャン」

「そうよ、だから言っているでしょう、イークンはアタシたちと同等の存在だと思っているんって」

「そうだなあ、ペットだなんて言ったら怒られちゃうな」

どうやら義昭も、やっと分かってきたようだ。

これまでの俺の行動を総括してみてくれれば、俺がいかに頭を働かしてきたかが理解できるというものだ。

高い木に登ったら、後ずさりになって降りれば、自分の武器である爪が役に立つことを思いついた。

家のトイレを使えば足は汚れず、光江に抑えつけられて、大騒ぎして拭われなくてもすむ。

ガラス戸の開けっぱなしを防ぐには、二人のうちのどちらかに開けてもらえば、開けてくれた者が閉める。

これらは全て、光江、義昭の行動から学習したのだ。

そして、光江の体調がおかしいときには、見守っていた。そうすれば、必ず良くなると信じていたら、光江は俺の行動に感動し、その気持ちで回復した。病は気からを光江に悟らせたに違いない。

この行為は、気に入ってもらいたいというような、媚びを売るペット的な要素も含まれていると思われるかもしれないが、それは人間の勝手な思い込みによるものであり、猫としてはそんな考えはみじんも持っていない。純粋に早く良くなってほしいという気持ちの表れであることを、理解してほしい。

というわけで、俺たち猫族は、人間の言葉を理解したうえで、喋ることもできるし、それに応じた行動をとることができる。

このことに対しては、もはやそれほど特筆する事柄ではないことも、わかってもらえたのではないかと思う。


ところで、改めて告白しなくてはならないことがある。以前にも触れたが、義昭以外の男性が大嫌いなのだ。嫌いというより恐怖症に近い。

食事をしているときなどに、玄関から男性の声が聞こえたら、その場にじっとしていられず、玄関から一番遠い部屋に逃げ込む。そして折りたたんであるカーテンの陰に身を隠すのだ。

どうしてだかわからない。まさか去勢されたからというわけでもあるまい。

「天才イークンとしては、お恥ずかしい次第だわよね。もっと堂々としていてくれなくっちゃ」

天才と男性恐怖症とどういう関係があるのかはわからないが、光江にかかれば、天才はすべてにおいて強い存在でなくてはならないらしい。

義昭も光江に同調する。

「大きな体をしているのだから、びくびくしていたらみっともないよ。もうちっと威張りくさっていてくれよ」

二人がかりでもっと堂々としてくれと言われたって、怖いものは怖いんだから、しょうがないよ。

「きっと生まれたばかりのころ、男の子にいじめられたのかもね、それがトラウマになっているのよ」

「それじゃあさあ、イークンの名誉挽回のために、その男性恐怖症が俺にとっては役だっていることを教えようか」

義昭が変なことを言い出した。

光江も何を言い出すのかというような顔をして、義昭を見た。

「実をいうとね、耳の悪い俺にとって、大いに助かっていることがあるんだ」

「何だろうねえ、イークン」

光江は俺の顔を見た。

「それではヒントを出そう。ミツエさんが出かけていて、イークンと俺が留守番をしているときの話です」

「なんだ、宅配のお兄さんが来て、ヨシアキさんには聞こえない声も、イークンには聞こえて逃げ出すから、誰かが来たのがわかるっていうのでしょう」

「その通り、正解です」

「ヒントだなんて大げさな、誰でもすぐわかるわよね、イークン」

光江はまた俺の顔を見て笑った。そして言葉をつなげた。

「それじゃあイークンがいないときにはどうするのよ」

「テレビも見ないで、本でも読んで静かにしていますよ」

義昭は時々「ですます調」話しかけることがある。

「あらそうですか。それではイークン様々ですわねえ」

光江も調子を合わせる。

「それだけではないよ。キッとした顔つきで玄関の方を見るけど、逃げないで誰か来たよ、というような顔をして俺を見上げるときは、女の人が来たことがわかるんだよ」

義昭はさらに続けた。

「それとね、郵便配達や新聞配達の人が来たときにも、目を見張って玄関の方を見るんだ」

ここの郵便や新聞は、大体俺が昼食を食べに帰っているころに来る。新聞なんかは午後二時ごろ着く。

「へー、すごいジャン、イークンにとっては弱点でも、ちゃんとヨシアキさんの役にたっているんジャン」

光江にすごいと言われれば、俺もそんな気になってくる。

「まだおまけがあるだよ。それはね、懐いている素子さんや登志子さんが来た時なんかはね、まるで『いらっしゃいニャーン』って言っているように鳴いて、わざわざ出迎えに行くんだぜ」

「それは私も気が付いていたけどね。なんといっても、イークンはお利口さんなんだもんね」

光江は大きく頷いて、後頭部を優しく撫でてくれた。

それにしても、義昭はいいところを見てくれているし、俺の弱点をうまくフォローしてくれたよ。すっかりいい気分にしてくれた。

これでだいぶ心も楽になったし、自信を取り戻すことができたよ。

六　おわりに

年が明けて間もなく、以前から約束をしていた知人が来て猫ドアを取り付けてくれた。縁側のガラス戸の右端に二七センチ幅の板状のものに、俺が潜り抜けられるだけの穴をあけただけのものだが、出入りするときに『開けてくれ』と呼びつけなくて済むようになった。

ただ既成の猫ドアは取り付けず、ビニールの切れ端で塞いであるだけなので、風は通り抜けている。それでもガラス戸を開けっ放しにするよりはいい。

義昭は正規の出入り口をつけると言っているが、光江は今のままでもいいという。俺はデカ猫なのでちょっと狭い感じではあるが、自由に出入りできるのはありがたい。

お陰様で、老夫婦と猫一匹の三人暮らし、これからもいい関係の生活を続けることができそうである。

はるかぜ書房 第三出版部
http://harukazeshobo.co.jp
info@harukazeshobo.co.jp

著者略歴

武田《たけだ》 静瞭《せいりょう》

昭和38年　東海大学文学部英文科卒
昭和38年　スポーツニッポン新聞東京本社入社
平成 9 年　退社後　種子島に移住

著書
平成 5 年『種子島お節介霊』（新風舎）
平成18年『霊会話』（日本文学館）

俺《おれ》は天才猫《てんさいねこ》　イークンの独《ひと》り言《ごと》

平成30年（2018年）9月5日　初版第一刷発行

著　者：武田《たけだ》 静瞭《せいりょう》
編　集：はるかぜ書房 第三出版部
発行者：鈴木 雄一
発売元：はるかぜ書房株式会社
　〒140-0001 東京都品川区北品川1-9-7-1015
　TEL 050-5243-3029　DataFAX 045-345-0397
〈印刷・製本所〉株式会社ウォーク
ISBN 978-4-9908508-7-6